Autrice : Constance Félix

Illustratrice : Julie de Terssac

W0356169

Pierrot de la lune

CONTES DU LOUVRE

C'est à Venise, dans cette belle cité italienne connue pour son carnaval, ses canaux et ses gondoles, que, par une nuit d'éclipse, la lune et le soleil arrivèrent enfin à se rencontrer....
Voilà longtemps qu'ils se tournaient autour.
Quand ils se virent, ils tombèrent éperdument amoureux.

Ils s'aimèrent tant, que de leur union naquit un petit garçon. Il avait la peau argentée comme la lune et les yeux dorés comme le soleil. Mère-Lune l'enveloppa tendrement dans un drap de soie blanc retenu par un ruban rose couleur de soleil du matin.

Mais la Terre continua à tourner et les astres amoureux durent se séparer. Mère-Lune berça doucement l'enfant dans son croissant, égrenant des notes de musique comme le son d'une comptine.

« Do do do ré mi ré
Do mi ré ré do... »

La lune était sage ; elle savait que, pour pouvoir grandir, cet enfant devait aller sur terre.
Alors, à la fin de la nuit, le coeur serré, elle le déposa délicatement au pied des marches de l'église de la Salute, là où l'on déposait les orphelins.
Mère-Lune savait qu'il serait recueilli et qu'on lui trouverait une famille.
Et au matin...

Un couple passait par là.
« Regarde, dit la femme, il est si mignon avec sa peau couleur pierre de lune ! »
Et l'homme s'émerveilla :
« Cet enfant nous est tombé du ciel ! »
Sans hésiter, ils recueillirent ce joli petit garçon et le nommèrent Pierrot.

Ils montèrent dans leur gondole et rentrèrent chez eux, tout près du pont du Rialto, où le père avait son atelier. Les clapotis du Grand Canal de Venise berçaient doucement l'enfant dans les bras de sa mère... Celle-ci se mit à lui chanter une comptine :

« Au clair de la lune, mon ami Pierrot,
Prête-moi ta plume pour écrire un mot,
Ma chandelle est morte, je n'ai plus de feu,
Ouvre-moi la porte pour l'amour de Dieu. »

Aussitôt, Pierrot ouvrit ses beaux yeux dorés et il sourit, rassuré par cette douce mélodie.

Fabrication de masques

Le père était artisan. Il fabriquait des masques
pour les comédiens de la *commedia dell'arte*,
ces pitres qui, avec leurs farces et leurs espiègleries,
vous faisaient rire aux larmes !
Pierrot grandit dans l'atelier de son père. Il conserva
les vêtements de sa naissance : sa mère fit de son drap
de soie blanc un élégant costume et, du ruban rose,
de jolis noeuds de chaussons.
Il devint un bébé joyeux qui riait aux éclats quand
son père le faisait jouer avec des masques, un bambin
gourmand qui raffolait des gâteaux de sa mère
et un enfant farceur qui amusait tout le quartier !

Or, plus Pierrot grandissait, plus il devenait rêveur. Le soir, il aimait s'allonger dans une gondole et observer le ciel. Il croyait voir la lune lui sourire. Il avait l'étrange impression d'entendre une musique qui semblait descendre du ciel rien que pour lui !

Un jour, son père lui dit : « Mon fils, tu es grand maintenant. Je vais t'apprendre mon métier. Tu deviendras un fabricant de masques comme moi et plus tard, tu reprendras l'atelier. » Pierrot n'aimait pas travailler de ses mains mais, pour faire plaisir à son père, il apprit le métier. Il se donnait du mal : il découpait le cuir, le travaillait, le détendait, le moulait pour lui donner une forme de masque. Seulement, Pierrot était maladroit, car il était tout le temps dans la lune.

Un jour, voyant son père fatigué, il lui proposa
de terminer le masque que celui-ci fabriquait
avec application depuis de longues heures.
Pierrot le prit et le masque se déchira !
Il voulut le réparer, mais c'était pire encore.
Son père, épuisé, se mit en colère
« Tu n'es qu'un bon à rien ! » cria-t-il.

Pierrot était triste, tellement triste... Alors, par une nuit de pleine lune, le coeur gros, il décida de s'enfuir avec pour seuls bagages un baluchon et sa flûte.
Sans faire de bruit, il sortit de la maison et, arrivé sur le pont du Rialto, se mit à courir dans la nuit.
Dans sa tête, ces quelques mots revenaient sans cesse :
« De toute façon, je ne suis qu'un bon à rien ! »
Il ne savait pas qu'au-dessus de lui, Mère-Lune, inquiète, veillait...

Pierrot marcha longtemps et s'enfonça dans la forêt. Épuisé, il s'endormit. Quand il se réveilla, il était tout enfariné et ses yeux avaient perdu de leur éclat doré. Il se sentait si maladroit dans son grand habit blanc. Il aperçut une troupe de comédiens qui répétait dans une clairière.
Il reconnut les personnages de la *commedia dell'arte*.
« Je vous en prie, emmenez-moi avec vous ! » dit-il.
Tous considérèrent cet étrange jeune homme et répondirent :
« Allez, viens, il nous manque un personnage, on verra ce que tu donnes sur les planches ! »

Pierrot apprit le métier de comédien ; il s'en sortait plutôt bien. Avec sa flûte, il devint le fameux Pierrot,
un peu rêveur, un peu candide et tellement drôle !
Un jour, en sortant de scène, il vit une charmante jeune fille assise sur une balançoire. Ce fut le coup de foudre !
« Je m'appelle Colombine » dit-elle.
C'est ainsi que Pierrot rencontra sa fiancée. Il rentra à Venise le coeur rempli de joie et retrouva ses parents pour leur présenter Colombine.

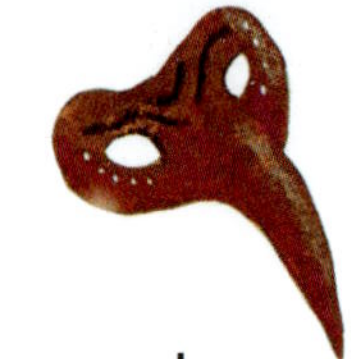

Pierrot vécut heureux auprès de Colombine, entouré de ses parents adoptifs et de ses amis. Un jour, son meilleur ami, un vieux singe qui faisait de la peinture, lui raconta :
« Un matin, j'ai vu la lune déposer un enfant au pied des marches de la Salute et le soleil le caresser avec amour de ses rayons dorés. Je suis sûr que cet enfant, c'était toi ! »
Pour Pierrot, tout s'éclaira : sa mère était donc la lune et son père le soleil ! Aussitôt, ses yeux retrouvèrent leur couleur dorée. Pierrot pensa :
« C'est pour cela que je suis toujours dans la lune ! »

Une nuit, il s'endormit avec Colombine. Au matin, ils se réveillèrent au ciel. Pierrot retrouva enfin la lune et le soleil. Parfois, on peut le voir assis sur le croissant de lune. Quand un enfant a du mal à imaginer une histoire ou un poème, c'est toujours lui qui descend des étoiles et lui souffle à l'oreille des mots magiques qui le font rêver.
C'est pourquoi, si un jour tu as besoin d'être inspiré, chante : « Au clair de la... »

***Pierrot, dit autrefois Gilles* par Jean-Antoine Watteau, vers 1718-1719, huile sur toile**

Voici Pierrot, le héros de notre histoire. Vêtu de blanc, c'est un personnage du théâtre populaire italien, qu'on appelle la *commedia dell'arte*. Le théâtre est l'un des sujets préférés d'Antoine Watteau. Derrière Pierrot, le peintre a représenté d'autres personnages célèbres de la *commedia dell'arte* : sur l'âne, le Docteur, puis Léandre ou Lélio, la belle Isabelle et le capitaine Mattamore. Si tu as la chance d'aller au Louvre admirer Pierrot en vrai, tu verras qu'il est presque peint grandeur nature. Le tableau, qui a peut-être servi d'enseigne à un café, mesure 1,84 mètre de haut.

L'Entrée du grand canal et l'église de la Salute
par Bernardo Bellotto, vers 1739-1742, huile sur toile

Cette imposante église est Santa Maria della Salute, là où la lune a déposé Pierrot. Vois-tu le singe, devenu l'ami de Pierrot, au centre de l'image ? Bellotto, comme son oncle Canaletto, peignait des vues de Venise ou *vedute*, un genre que les visiteurs de cette ville adoraient. Il a représenté de nombreuses fois le Grand Canal avec les monuments qui le bordent. À l'époque, les Vénitiens viennent au pied de cette majestueuse basilique en gondole, leur moyen de transport préféré.

***Le Tombeau de Maître André*, scène de farce italienne**
par Claude Gillot, vers 1716-1717, huile sur toile

Comme Watteau, qu'il eut comme élève dans son atelier, Claude Gillot s'est intéressé au théâtre. Il représente ici des personnages de la *commedia dell'arte* et amis de Pierrot dans le conte : Pezzetin (à gauche) et Scaramouche (à droite) se disputant une bouteille de vin. Finalement, Arlequin les départage en vidant la bouteille sous le regard surpris de Pierrot.

***Le Singe peintre* par Jean-Siméon Chardin, vers 1739-1740, huile sur toile**

C'est l'ami de Pierrot dans notre conte, lui qui a vu la lune le déposer sur les marches de la Salute. Représenter des singes occupés à diverses activités humaines est très à la mode du 17ᵉ au 19ᵉ siècle. On appelle ce genre de peinture ou de décor des singeries. Rien à voir avec les tiennes quand tu fais le pitre ! Jean-Siméon Chardin et Antoine Watteau se sont amusés à mettre en scène des singes artistes.

Musée du Louvre

Jean-Luc Martinez
Président-directeur

Maxence Langlois-Berthelot
Administrateur général

Valérie Forey-Jauregui
Administratrice générale adjointe

Anne-Laure Béatrix
Administratrice générale adjointe

Vincent Pomarède
Administrateur général adjoint

Édition musée du Louvre

Direction de la Médiation et de la programmation culturelle

Dominique de Font-Réaulx
Directrice de la Médiation et de la Programmation culturelle

Marina-Pia Vitali
Sous-directrice de la Médiation dans les salles

Violaine Bouvet-Lanselle
Chef du service des Éditions

Nathalie Steffen
Chef du service des Ateliers pédagogiques et Visites-Conférences
Sous-direction de la Médiation dans les salles

Sandra Verne
Chargée de programmation, Coordination et suivi éditorial,
Sous-direction de la Médiation dans les salles

Éditions Faton

Jeanne Faton
Directrice des Éditions

Maryse Desgrange-Perchet
Coordination éditoriale

Maryse Desgrange-Perchet, Laurence Caillaud
Correction

Noëlie Guillemotte
Mise en pages

Les éditeurs adressent leur vive reconnaissance à Colette Confortès, Alix Cattoir et Catherine Adam-Sigas

Crédits photographiques
Pages 30, 31 : © RMN-Grand Palais (musée du Louvre)/Franck Raux.
Page 32 : © RMN-Grand Palais (musée du Louvre)/Stéphane Maréchalle.
Page 33 : © musée du Louvre, dist RMN-Grand Palais/Angèle Dequier